文 學 叢 書 089

影癡謀殺
REEL MURDERS

紀蔚然◎著

REEL MURDERS

【目次】

〈自序〉

凶手早已死去

　我無法充分提供凶手犯案的動機。

　連續殺人凶手令人怖慄之處不僅在於他接二連三地犯案，而且是他藉由獵殺人命來肯定自我的存在。何以至此？一竿子文獻、實例，乃至於虛構小說或電影皆歷歷指陳這些殺人不眨眼的傢伙都曾有過悲慘、甚至被虐的童年。原委不應如此單純：希特勒只是因為考不上美術資優班才囤積仇恨進而興起屠殺猶太人的念頭？

　推理懸疑小說家麥可‧柯內爾利（Michael Connelly）之《詩人》一書中，FBI幹員瑞秋如是道來：

　可能永遠不知道原因……我們所緝捕的這些人……無從解釋。這就是最難的部分，找出動機，了解是什麼驅使他們去做他們做的事。局裡有這麼一個說法，我們說這些人來自月球。有時，找不到答案時，我們只能如此形容。設法把這種人搞懂無異是企圖將碎裂的鏡子重新拼黏完好如初。沒有什麼方法足以洞察某些人，因此我們索性稱這些人為非人。我們說他們來自月球。

　來自月球之非人？此為無解之解。在編寫《影癡謀殺》

的過程裡，凶手的動機亦曾讓我頭疼；我無法充分提供
凶手犯案的動機，但我似有所感：所有連續殺人凶手於
殺人之前已先行死去，亦即一個失去主體的「非人」從
結束他者主體的過程中獲得虛幻的主體。因爲虛幻，他
不得不一殺再殺。

《影癡謀殺》是我所嘗試的第二部僞推理劇作，和第
一部《黑夜白賊》相仿，它有推理的樣態，沒有推理的
神髓。握筆寫下第一句對白之前，我不知道凶手是誰，
寫完首稿才豁然釋得，在一般推理作品裡，最後凶手是
誰並不重要，只要之前有縝密的布局放線，之後有足夠
的「如是這般、後見之明」的動機，故事就可以畫下句
點。當然，在不俗的推理作品中，凶手是誰更不重要，
有時沒抓到凶手也無所謂。不像《黑夜白賊》裡面找不
到賊，《影癡謀殺》找到了凶手，但他究竟是哪個嫌疑
犯並不重要——任何一個嫌疑犯都有資格成爲眞相大白
時刻被作者欽點的「原來是他」。

劇本是倒著寫的，結局決定先前。是誰幹的？（Who
done it?）這個問題意義不大，作者橫豎會先找個人物來
頂罪，再回過頭來於推理過程裡補強犯案的動機。因此
重點在於推理的過程，但《影癡謀殺》連推理的過程都
省了，我只想刻描狀態，無意於進程上著墨太多。

不過，此劇手稿曾刊載於台北藝術大學《戲劇學刊》
之創刊號裡，從意識流的初稿到現今後設的定稿，這中
間應有推理的旨趣。

「死亡有多少突襲的方式？」

——蒙田

時間：2005
地點：台北

人物

Coco──嫌犯

陳文生──嫌犯

吳思華──嫌犯

神　探──姓郭，中年男子，資深刑事警察

小　張──三十幾歲，菜鳥刑事警察，還在尋找綽號

張小萍──近三十歲，外事警察

酒　保──二十幾歲

啤酒推銷女郎──妙齡

電視節目主持人──三十幾歲

舞台

全劇有三個場景：警察局（偵訊室與觀察室）、pub、客廳。
製作條件許可時，可安排布幕及放映機，播放的影像可為靜
物照片或活動視效。一切由導演決定；除非必要，劇本不提
供有關此方面的舞台指示。

開演時，一片漆黑中傳來敲敲打打的聲音，中
間夾雜著工人的片段談話。

工人甲：（場外）你那邊漆好沒？
工人乙：（場外）還沒，我以為你漆好了。
工人甲：（場外）幹，我不是叫你先漆那邊？
工人乙：（場外）我以為你叫我先漆這邊。

又是一陣子敲打聲。

工人甲：（場外）幹！你這個釘不對了啦！
工人乙：（場外）安怎不對？
工人甲：（場外）這邊是偵訊室一，那邊是偵
　　　　　訊室二，再過去那邊才是觀察室。
工人乙：（場外）幹！這麼亂，我哪知？

敲打聲持續了幾秒後，漸漸消失。

序曲

魔鏡，魔鏡，牆上的魔鏡

警察局：Coco、陳文生、吳思華三人在偵訊室
裡。神探獨自站在左側的觀察室，觀察他們的動
靜，但三人不知神探的存在。

三人開始交談不久後，小張出現在觀察室，輕步
走到神探身後，後者沒有察覺。

Coco：誰有菸？

吳思華：這裡不能抽菸。

Coco： 誰規定的？

吳思華： 所有的公共場所都禁止抽菸。

Coco： 所以我們就不能抽菸？我們現在在哪裡，你
知道吧？

吳思華： 警察局。

Coco： 我們現在縱使犯法他們還能把我們怎樣？抓
到警察局嗎？我們三個都是殺人嫌犯，現在
要擔心的是如何證明我們的清白，這個時候
我還會怕他們因為我抽菸而給我罰單？

陳文生： 我們之間最好不要交談。

Coco： 為什麼？

陳文生： 既然我們都是命案的嫌犯，他們把我們關在
一起一定有用意。

吳思華： 什麼用意？

　　吳思華之前已走向Coco，從口袋掏出菸盒，遞一
　　根給Coco，並幫她點火，點完後離開。Coco有點
　　狐疑地看著他。

Coco ：這才像話。

陳文生：他們就是要我們聊天，看看我們是不是同夥的。

Coco ：他們聽得到？

吳思華：應該聽得到，裡面一定藏有麥克風。

陳文生：而且，我在猜想⋯⋯

陳文生走向左側，幾乎走到神探面前，但他視若無睹。

陳文生：我猜這面鏡子有蹊蹺。

Coco也走近隱形鏡子，吳思華只上前一兩步，並未走近。

Coco ：蹊蹺？你講話還滿文縐縐的嘛。

陳文生：不然要怎麼講？

Coco ： 這面鏡子有鬼。（觀察鏡子）嗯，果然是有

鬼。

陳文生： 沒錯，是double，雙面的——

Coco ： 從我們這邊看是鏡子——

陳文生： 從另一邊看是透明玻璃——

Coco ： 我們的一舉一動都被看到了。

陳文生： 搞不好他們正在錄影也說不定！

Coco ： 對！

陳文生： 對！

Coco ： 對你個頭！（走開）你以為台灣那麼先進

啊？

吳思華： 這位仁兄，你電影看太多了。

陳文生： 我叫Vincent。

吳思華： 什麼？

Coco ： （唱）"Starry starry night, paint your

palette blue and gray."

吳思華不解地看著她。

Coco： 欸，Vincent，這首歌被銀行拿去做廣告你有
　　　 沒有很肚爛？

吳思華： 什麼啊？

陳文生： 很抱歉，我會用Vincent作我的英文名字跟梵
　　　 谷跟Don McLean的歌一點都沒有關係。

吳思華： 你們到底在講什麼啊？

陳文生： 我叫陳文生，英文聽起來很像Vincent，就這
　　　 麼簡單。

吳思華： 我叫吳思華，沒有英文名字。

Coco： 為什麼一定要有英文名字？

吳思華： 就是嘛。你叫什麼？

Coco： Coco。

吳思華： （愣了一下）中文名字呢？

Coco： Coco。

陳文生： 你們或許會覺得我多心，但是我還是堅持這
　　　 面鏡子有問題。我是沒聽過台灣的警察有像
　　　 美國那麼先進的設備，但是，請問，我們這

　　　　裡面有誰進過警察局的？

　　　吳思華沒舉手，Coco手只舉了一半。吳思華拿著
　　菸盒走向Coco，示意要她將菸灰彈在裡面。

陳文生：你那是舉手，還是在做體操？

Ｃｏｃｏ：我算進去過半次。

陳文生：怎麼說「進去過半次」？

Ｃｏｃｏ：（將菸灰彈在地上，對吳思華）你有潔癖
　　　　喔？有潔癖的男人通常有暴力傾向，尤其對
　　　　女人。

吳思華：是嗎？

　　　吳思華走開，面無慍色。

陳文生：Coco小姐，你剛才說——

Ｃｏｃｏ：你省掉「小姐」兩個字我就告訴你。

陳文生：Okay，Coco。

Coco ： 我有一次尿急，找不到地方，只好到警察局
　　　　借用廁所。所以我算是進去過半次。

吳思華： 這種糗事還是留在自己的記憶深處吧。

Coco ： 怎樣，女人不能尿急嗎？我尿急你倒胃口
　　　　嗎？

陳文生： 所以……Shit，給你們一打岔，我已經忘記我
　　　　要講什麼了。

Coco ： 我們都和警察局沒有密切的關係。

陳文生： 對。所以……

Coco ： （提醒他）那面魔鏡。

陳文生： 對，所以沒有人敢打包票說台灣的警察局沒
　　　　有雙面鏡，而且這麼大的一個case，還引起
　　　　外國media的注意。

Coco ： 很可能是警方緊急從美國空運來台的。

陳文生： 有概念。

Coco ： 我們真偉大。

吳思華： 是這個案子偉大。我們只是嫌犯。

沉默。

Ｃｏｃｏ：（走近鏡子，凝視）魔鏡，魔鏡，牆上的魔
　　　　鏡。

吳思華：（一邊走到鏡前，一邊整理儀容）如果你的
　　　　觀察沒錯，那我建議大家都不要講話。

陳文生：對。

Ｃｏｃｏ：為什麼？

吳思華：如果他們看得到我們，那我們的一言一行不
　　　　就變成了他們分析的線索了嗎？

陳文生：Right，所以從現在開始，大家不要動，也不
　　　　要講話。

Ｃｏｃｏ：你們把線索想得太容易了吧？我舉個例子，
　　　　這裡面誰話最多？

兩　男：你。

Ｃｏｃｏ：對。話多代表什麼？代表我就是凶手，故意
　　　　裝出一副無所謂的樣子？但是還有一個可能
　　　　性：我本來就真的無所謂，所以話很多。換
　　　　個角度來看，話最少的是誰？

陳文生：（指吳思華）他。

Coco：他話少，可能是因為他有所隱藏，怕不小心
　　　　說錯話被抓到辮子。

陳文生：有意思。

Coco：你話不多不少，嫌疑最大。我告訴你，兩邊
　　　　討好的人通常心機最重。

　　　頓。

Coco：你這時候怎麼不說「有意思」？

　　　陳文生不答腔。

　　　沉默，三人靜止不動。

001

我還在找綽號

燈光切換。

一直站在觀察室的神探抿著嘴哼笑三聲，小張也
跟著哼笑三聲，把神探嚇了一跳。

神　探：幹！你是誰？

小　張：對不起，我遲到了。我找了好久才問出你在
　　　　哪裡。

神　探：沒關係，我們正在整修，內部亂七八糟，再

　　　　加上這個案子，可以說是亂亂亂連三亂。借

　　　　問一下，你是誰？

小　張：我是小張，中山分局那邊派我過來幫忙的。

神　探：幫忙？

小　張：其實就是做你的助理。

神　探：嗯。你看起來很年輕。

小　張：我才升刑警沒多久。

神　探：這種大案件，他們派一個菜鳥來幹什麼？

小　張：因為我英文不錯。

神　探：噯，也是對啦，英文我不懂半撇，只知道

　　　　「ABC狗咬豬」，可能有需要你幫忙的地方。

小　張：郭刑警──

神　探：沒人這樣叫我。

小　張：那……

神　探：叫我的綽號就可以了。

小　張：嗯……

神　探：你不知？

小　張：歹勢，我不知。

神　探：實在很煩，故事還要再講一遍。你知道我為
　　　　什麼要當警察嗎？

小　張：我不知道。

神　探：你當然不知道。我小時候愛上了一部電視影
　　　　集，是美國人拍的《輪椅神探》，聽過沒？

小　張：沒。

神　探：對，你那時候還沒生出來。《輪椅神探》那
　　　　個主角有一次在追捕壞人的時候中了一槍，
　　　　剛好打到他腰部的脊椎，從此以後他只好坐
　　　　著輪椅辦案。輪椅神探辦案如神，只要是他
　　　　接手的案子沒有一件不是法網恢恢疏而不漏
　　　　的。因為那個影集的關係，我從小就立志要
　　　　當警察，而且小學六年級就立下奇功。

小　張：什麼奇功？

神　探：有一次我母仔發現她皮包少了三千塊，經過
　　　　我暗中探查抽絲剝繭以後，我確定是我那個
　　　　愛打麻將的阿爸偷拿的。在我旁敲側擊之
　　　　下，阿爸還在狡辯，等我拿出證據來時，他

才俯首認罪，不過等我要打電話報警時，反
而被阿爸毒打了一頓。

小　張：所以？

神　探：我在這分局有個綽號，大家都這樣叫我。

小　張：柯南？

神　探：柯南算什麼？一個阿里不搭的囝仔他知道
　　　　啥？我的綽號是──

小　張：輪椅神探？

神　探：你有看到輪椅嗎？

小　張：對不起……呃……神探？

神　探：嗯。你有沒有綽號？

小　張：我……我還在找綽號。

神　探：你慢慢找。小張，你現在出去，叫人把他們
　　　　三個帶到別間。我們到隔壁討論一下。

小張臨走前忍不住地摸著隱形玻璃。

神　探：你在表演默劇嗎？

小　張：原來傳說中的鏡子不是傳說。

神　探：這面鏡子是台灣警界最大的祕密。很少人知
　　　　道它的存在，不要說是死老百姓，甚至連很
　　　　多警察都不知道。

小　張：只有這個分局有？

神　探：錯！只有我有。鏡子是跟著我的，我到哪裡
　　　　辦案，它就會在那裡出現。

小　張：太神奇了，神探。

小張下。

神探看著各自沉思、默默無語的三位嫌犯。

神　探：哼，不要以為不講話我就不知道你們在想什
　　　　麼。

002

我不知道我在這裡幹嘛

舞台某角落。

光區很小的spot light：裡面站著張小萍，對著觀眾
講話。

張小萍：我叫張小萍，師大英語系畢業。雖然是師範
　　　　體系出身，我從來就沒有要當老師的念頭。
　　　　「十年樹木，百年樹人」這句話我永遠搞不清
　　　　是什麼意思。如果樹人要花那麼多時間，我

寧可去種樹。我知道我曲解古人的意思，但
是我就是故意要曲解，因為我討厭當老師。
可能是因為拒絕安定的緣故，我從畢業到現
在四年內已經換了六份工作。有時是我要換
工作，有時是工作要換我。我曾經在一家貿
易公司上班，試用期還沒結束公司就倒了；
我還在一家公關公司做過事，因為我和老闆
對「公關」兩個字的定義有不同的解釋，在
老闆還沒把我遣散之前，我就遞出辭呈了；
我也做過英文祕書，因為我和老闆對「祕書」
的定義有不同的解釋，在我還來不及遞出辭
呈之前，老闆就把我給遣散了。曾經有一陣
子我賦閒在家，身體逐漸發霉，精神瀕臨崩
潰。總之，在走投無路的情況下，我只好選
擇下下策，去考外事警察。我發覺你越不想
做的事情越容易成功：我高分考上，也已經
混了半年。對我而言，一個完全沒有專業知
識的人只因為他英文好而被錄用是一件很荒

謬的事情，但我不能多想，想多了就會有辭
職的念頭。所謂外事警察其實是區公所專
員，唯一不同的是，我們服務的對象是老
外，服務的項目不外是依親、居留證、工作
證、有梅毒驅逐出境等等這些雜務。最近因
為有數起凶殺案，而且涉及外國人士，所以
那邊派我來協助這邊。我只懂英文，辦案完
全不了。我沒拿過槍，只知道開槍前要先打
開保險，但是保險長什麼樣子，我沒看過。
有關辦案的知識，我都是從電影學來的。這
一輩子，我很幸運，還沒跟暴力有過第一類
的接觸，我所知道的暴力都是間接從媒體上
看到的。我不知道我在這裡幹嘛。

張小萍下。

燈光切換。

　　　　Coco、吳思華、陳文生先後走進觀察室。

Coco： 怎麼這麼窄？

陳文生： 他們叫我們進來這裡幹什麼？

吳思華： 說不定他們在搞心理戰，把我們關在這一間
　　　　窄小的房間，讓我們感受到壓力。

陳文生： 我的呼吸是有點不順暢。

Coco： 你有幽閉恐懼症？

陳文生： 有一點。

Coco： 太好了。欸，你們看，這裡有一道玻璃。這
　　　　麼小的房間幹嘛裝一道黑麻麻的玻璃？

　　　　此時，偵訊室燈亮：神探和小張走進偵訊室；神
　　　　探手中捧著一些卷宗。

　　　　三人好奇地看著他們兩人。

神　探： 大部分的資料和簡報都在這裡。

神探沉重地把卷宗擲在桌上，小張隨手就要拿，
但被神探制止。

神　探：小張，我先把話講清楚。我是神探你是菜鳥，
　　　　我是人腦你是記憶體，我是主人你是狗。

小　張：嗯？

神　探：我把資料給你看，是要你把所有的細節，甚
　　　　至是你認為我會認為不重要的細節都記下
　　　　來。我不需你想；用腦由我來，細節由你
　　　　記，懂嗎？

小　張：懂。

神　探：有沒有問題？

小　張：有。我想——

神　探：我剛才怎麼跟你說的？你不能想。

小　張：喔……嗯……神探……我認為——

神　探：你不能認為。

小　張：喔……嗯……ㄜ……我沒有問題。

神　探：很好。

神探打開最上面的卷宗。

神　探：這些是現場的照片。

小張接過來看。

小　張：受害者總共有──

神　探：六人。

小　張：哇，果然是連續殺人案件！

神　探：你這麼興奮幹嘛？

小　張：台灣以前好像沒有這種例子。

神　探：沒有。以前是有一次連續幹掉兩三個人的凶
　　　　手，但大部分不是仇殺就是情殺。小張，我
　　　　警察做了二十幾年，得到一個很重要的結
　　　　論，提供你參考，保證你受用一輩子：如果
　　　　你這輩子不想死於非命，很簡單，就是不要

跟人有感情或是債務上的糾紛。如果你做得

到，我保證你不是活到老病死的，就是得到

癌症提早翹去的。

小　張：謝謝，我心情好多了。

神　探：剛才說到哪了？喔，問題是這件凶殺案完全

無頭無尾，找不到明顯的動機。這六個人生

前並不認識，唯一的共同點是：他們都是阿

斗仔，白人，男的。

小　張：（看著卷宗）還有，他們都去過同一家

pub。

神　探：對。

小　張：那，那三個嫌犯是？

神　探：他們是那家pub的常客，而且他們有些案發

時間提不出具體的不在場證明。

小　張：會不會是他們三個一起幹的？我看過一部電

影叫《東方特快車》，裡面的嫌犯結果都是共

犯。

觀察室裡的三人面面相覷。

神　探： 小張，跟著我做事你要稍微知道我的幾個忌
　　　　　諱。第一就是——

小　張： 不要用腦。

神　探： 對。第二是：不要拿電影的那一套來亂七八
　　　　　糟講。電影都是騙人的，你知道嗎？

小　張： 知道。

神　探： 不過你剛才講的可能性我早就想到了，所以
　　　　　故意把他們關在同一間偵訊室。

小　張： 你不怕他們串供？

神　探： 這你就不懂了。如果他們是同夥的，我就是
　　　　　要給他們機會串供。我告訴你，越經過設計
　　　　　的說法越有破綻！

小　張： 高明！

神　探： 識貨！

小　張： 目前初步的觀察呢？

神　探： 沒有串供的嫌疑，可能是他們演技太好了，

也可能他們事先串供好不要串供的。

小　張：好複雜喔。

神　探：辦案不複雜就不叫辦案，不然警政署長幹嘛
　　　　指定要我來處理？我告訴你，他們雖然演技
　　　　很好，可是我還是找到了破綻。

小　張：喔？

神　探：你不要看那個叫Coco的查某一副不在乎的樣
　　　　子，其實她很緊張。

小　張：緊張大家都會，我雖然已經升到刑警了，但
　　　　是每次走進警察局還是會有犯罪的感覺。

神　探：我也是耶！好奇怪喔……（回神）我講到哪
　　　　裡？哦，Coco那種緊張是裝出來的，你懂
　　　　吧，用假裝緊張的方式來掩飾另一種緊張。
　　　　因此，她嫌疑很大。

聽到此，陳文生和吳思華不約而同地走離Coco。

神　探：還有，根據我的調查，Coco菸不離手，她既

　　然帶了皮包，怎麼可能會裡面沒有香菸？為
　　什麼？

小　張：她忘了。

神　探：淺，果然是淺。（拿出口袋的菸盒及打火
　　機，為自己點上一根）抽菸的人總會以為自
　　己身上有香菸，只有在找不到菸的時候才會
　　發覺忘了帶菸。

小　張：她剛才沒有做找菸的動作？

神　探：沒有。所以她講的那一句「誰有菸」其實是
　　暗號，說給吳思華聽的。

陳文生聽到此，走離吳思華一步。

神　探：他們以為神不知鬼不覺，其實一切我都看在
　　眼裡。吳思華在為Coco點菸的時候，趁機把
　　一張紙條交給Coco。所以，如果我猜想的沒
　　錯，他們兩人早就認識了。

聽到此，陳文生走離兩人一步。

神　探：至於那個講話「喞卵喞卵」的陳文生——

小　張：喞卵？

神　探：口齒不清啦。不要被他斯文的談吐給騙了。
　　　　別忘了，所有的受害者都是外國人。凶手要
　　　　接近他們，如果她是漂亮的美眉很簡單，只
　　　　要會說 "hello"、"san q"、"no q"、
　　　　"okay, baby" 就可以上床了。如果他是男
　　　　的，他的英文不能不好。剛才他講話時露了
　　　　幾句英文，而且有時一句話沒有必要地重
　　　　複，比如「搞不好他們說不定」之類的。因
　　　　此，三個裡面他最緊張，嫌疑很大。

聽到此，Coco和吳思華走離陳文生一步。

神　探：最後，也就是吳思華，你覺得他的名字怎麼
　　　　樣？

小　張：「吳」是口天「吳」，「思」是……

神　探：思念的「思」，中華的「華」。

小　張：吳思華？聽起來很愛國。

神　探：沒錯。別忘了，六個死者都是藍眼睛白皮膚
　　　　的阿斗仔，所以我們絕對不能忽略這其中
　　　　「排外仇視」的可能性。根據我的調查，吳思
　　　　華的爸爸退休前是中文系老師，教訓詁，媽
　　　　媽是歷史教授，還沒退休，教的是近代史。
　　　　你給他想想看，這種家庭背景的人再加上這
　　　　種名字，怎麼不熱愛中華文化、怎麼不痛恨
　　　　八國聯軍呢？因此，吳思華的嫌疑最大！

聽到此，Coco和陳文生走離吳思華一步，反倒拉
近了兩人的距離。

神　探：還有一些資料，你跟我來……

兩人下；同時，張小萍出現於觀察室。

張小萍： 對不起，我要找郭刑警和張刑警。

沉默。

陳文生： 嗯，我就是。

吳思華： （幾乎同時）我是。

Ｃｏｃｏ： （稍晚一點）我也是。

張小萍： 嗯？

頓。

陳文生： 我是郭刑警。

吳思華： 我是張刑警。

Ｃｏｃｏ： 我是他們的助理。

張小萍： 哦……郭刑警，對不起，你比我想像中的年
輕，張刑警你比我想像中的——

陳文生： 我駐顏有術，他縱慾過度。請問你是誰？

張小萍： 我是外事單位調派來的，叫張小萍。

陳文生： 爲什麼？

張小萍： 什麼爲什麼？

Coco： 爲什麼外事單位要派你來？

吳思華： 助理，這裡有你插話的餘地嗎？

Coco： 對不起。

吳思華： 爲什麼外事單位要派你來？

張小萍： 你們沒有接到通知嗎？

陳文生： 有。

吳思華： （同時）沒有。

張小萍： 嗯？

陳文生： 小張，我接到通知了，還來不及通知你。

吳思華： 喔。

陳文生： 我還是想聽你親口告訴我，爲什麼他們要調
        一個閒雜人等來協助我？這種case你幫得了
        我什麼忙？難道上面對我沒信心嗎？

張小萍： 你誤會了，張刑警。

陳文生： （學神探的口吻）叫我神探！

張小萍： 神，神探。因為這次六個受害者不是美國人
　　　　就是歐洲人的，所以Interpol——

陳文生： Inter什麼碗糕？

Coco： 報告神探，Interpol就是International
　　　　Police，國際刑警單位。

陳文生： 你英文還不錯嘛！

Coco： 謝謝。

張小萍： 國際刑警單位下個禮拜會派一個人來觀察案
　　　　情的發展，我只是負責翻譯。

　　突然，小張捧著一堆卷宗走進偵訊室，坐下後開
始翻閱。

張小萍： 這個人是誰？

Coco： 他是嫌犯甲。

張小萍： 嫌犯怎麼有這麼多資料？

陳文生： 那些是凶殺現場的資料，我們故意給他看——

吳思華： 看他會不會有奇怪的反應。

小張做了一個狐疑的表情。

張小萍： 他這個反應很奇怪！

陳文生： 好眼力，Miss張。

張小萍： 謝謝，叫我小萍就好。

這時，神探走進偵訊室。

張小萍： 這個人又是誰？

Coco： 嫌犯乙。

張小萍： 你們讓嫌犯交談，不怕他們串供啊？

陳文生： 就是希望他們串供，因為……怎麼說呢？

吳思華： 就是要給他們機會串供。越經過設計的說法
越有破綻！

張小萍： 高明！

吳思華： 這是神探的點子。

陳文生： 謝謝，請不要鼓掌。

　　Coco和吳思華熱烈鼓掌，張小萍只好跟著鼓掌。

　　此時，神探開始和小張談話。

神　探：我們要好好設計一下。

張小萍：有了！

小　張：是。

神　探：一定要天衣無縫，搞得他們沒話可說。

小　張：我懂。

張小萍：天啊，他們正在串供！

神　探：到時候把他們分開，一一擊破。偵訊的時
　　　　候，有時候你演好警察，我演壞警察，然後
　　　　……

　　神探繼續做說話的動作，但不出聲。

張小萍：怎麼會這樣？

Ｃｏｃｏ： 他們被居留——

吳思華： 羈押。他們被羈押太久了，搞得有點神經錯
　　　　 亂。

陳文生： 有點Schizo。

張小萍： 精神分裂？

三　人： 對！

神　探： 對！然後交換，換我演好警察，你演壞警
　　　　 察。

小　張： 神探，你不是說不要來電影那一套嗎？怎麼
　　　　 ——

神　探： 好萊塢知道一塊爛啦。是好萊塢學我的，我
　　　　 還去學他們的勒！喔，我差點忘了，等一下
　　　　 外事單位會派一個人來。

小　張： 爲什麼？

張小萍開始懷疑起來，到最後才知道被耍了。

神　探： 國際刑警會從英國派個人來台灣，表面上是

觀察，其實是干涉。對於這一點我很不爽，
恁娘的，阿斗仔以爲只有他們會辦案，我們
在地的都是吃屎的。爲了他，外事單位會派
一個人來負責翻譯，到時候你的任務是——

小　張：如果我願意接受的話。

神　探：啊？

小　張：沒有啦，我只是在模仿《不可能的任務》的
台詞。

神　探：少年仔，你已經中毒太深，電影看太多了。
我告訴你，到時候，你的任務就是千萬不要
讓那個做翻譯的看到任何資料，盡量拖延時
間，這邊帶他走走，那邊帶他看看，找藉口
帶他去喝咖啡或淡水散步。

小　張：這不是《尖峰時刻》第一集的翻版嗎？

偵訊室燈漸暗。

張小萍：（轉身對著三人）你們到底是誰？

003

哪有美國時間去淡水喝咖啡

偵訊室：張小萍、神探、小張。

神　探：　你就是……

張小萍：　張小萍，外事單位第三科。

神　探：　你遲到了，你知道嗎？

張小萍：　我知道。因為剛才——

神　探：　我不管因為剛才——

張小萍：　可是剛才我不小心走進——

神　探：　我只管以後。以後你在我下面做事，不准遲

　　　　到，這是第一。

張小萍：第二呢？

神　探：第二是犯錯就承認，不要辯解。

張小萍：第三？

神　探：……等你犯了我再告訴你第三。你叫……

張小萍：張小萍。

神　探：沒有英文名字？

張小萍：沒有。

神　探：我以爲你們英文很棒的人都有英文名字。

張小萍：我沒有。

神　探：那阿斗仔怎麼稱呼你？

張小萍：就叫（模仿外國人説中文）小萍。

神　探：好，我叫——

張小萍：神探。

神　探：（略頓）他叫——

張小萍：小張。

神　探：你有做功課，很好。我現在分配工作，我負
　　　　責辦案，小張負責看資料，還有招呼你。

張小萍： 我不想喝咖啡，也不想去淡水散步。

兩男詫異。

神　探： 辦，辦案的時候哪有美國時間去淡水喝咖
　　　　 啡？小張負責跟你做摘要簡報，你負責選擇
　　　　 性地翻譯。

張小萍： 我還是想自己看資料。

神　探： 張警員——

張小萍： 小萍。

神　探： 張小姐，你也許不知道，對於國際刑警要派
　　　　 人來台灣，我不是很爽。他們——

張小萍： 表面上是觀察，其實是干涉。

神　探： （愣了一下）對。所以——

張小萍： 我堅持要看資料。

神　探： 你真的要看？

張小萍： 我不看怎麼把事實傳達給對方？

神　探： 你真的要看？

張小萍： 要看。

神　探：（對小張使個眼神）小張，給她看。

　　　　張小萍接過小張交給她的資料，翻開來看。

　　　　張小萍一頁頁看，愈看愈噁心，看到第四張已經
　　　　受不了了。

張小萍：（摀著嘴，一副欲吐的模樣）對不起。

　　　　張小萍衝出偵訊室，兩男對看，得意輕笑。

004

八國聯軍哪一年發生的我早忘了

偵訊室。

裡面安排了三組桌椅。從左到右，分別是神探與
吳思華、小張與Coco、張小萍與陳文生。訊問者
站立，受訊者坐著。

神　探：你名字很有意思，吳思華。

吳思華：我老爸取的。

神　探：你不喜歡你的名字？

吳思華： 我痛恨我的名字，我不愛中華文化，而且八
　　　　 國聯軍哪一年發生的我早忘了。

神　探： 你父母一定很傷心囉。

吳思華： 我早就把他們放棄了。

　　　　燈光切換。

小　張： 你跟兩個死者有過約會？

Ｃoｃo： 又怎樣？

小　張： 有沒有金錢交易？

Ｃoｃo： 你在侮辱我嗎？

小　張： 只是一個問題。

Ｃoｃo： 我喜歡跟外國人交往，喜歡跟他們談戀愛，
　　　　 不行嗎？

小　張： 你對台灣男人有意見？

Ｃoｃo： 沒有幽默感又太短。

小　張： 太短？

Ｃoｃo： 你沒有看過A片嗎？

小　張：　我以為A片都是假的。

　　　燈光切換。

陳文生：　你不是來偵訊我的吧？
張小萍：　我沒有資格偵訊你嗎？
陳文生：　你有嗎？

　　　頓。

張小萍：　不是。
陳文生：　不是什麼？
張小萍：　我不是來偵訊你的。

　　　頓。

陳文生：　他們只是叫你來做babysitter。
張小萍：　可以這麼說。

陳文生：等我出去的時候，能不能找你去淡水喝咖
　　　　啡？

張小萍：你爲什麼要找我喝咖啡？

陳文生：我喜歡你的清純，沒有一般警察的江湖味，
　　　　you know。

張小萍：嚴格來說，我不算是警察，我連手槍都沒拿
　　　　過。

陳文生：幹嘛一定要用槍呢？

張小萍：對，殺人並不一定要用槍，目前六個死者裡
　　　　沒有一個是被槍打死的。這點你應該很清
　　　　楚。

陳文生：我怎麼會清楚？

張小萍：你不看報紙嗎？

　　　　燈光切換。

小　張：我不管你喜歡外國人，我只是想問你──

Coco：我喜歡外國男人你很看不慣嗎？

小　張：沒有。

Coco：就是有。

小　張：你給我聽好，我不管你私生活怎樣，我只是
　　　　想問你……（摸摸上衣及褲子口袋）對不
　　　　起，有沒有菸？

Coco：這裡禁菸。

小　張：我不講你不講，誰會知道？

Coco：（指著隱形的鏡子）鏡子後面的人。

小　張：現在沒人，不是，我是說鏡子後面沒人，不
　　　　是，鏡子後面沒有東西……你把台灣想像得
　　　　太先進了吧。怎麼樣，來根菸吧，你也可以
　　　　抽。

Coco：我沒有菸。

小　張：我們要不要打賭？

Coco：賭什麼？

小　張：賭……賭，如果你包包裡面沒有香菸，我買
　　　　一條送你，如果有菸，你要老實告訴我，五
　　　　月八號清晨兩點的時候你在哪裡、做什麼。

Coco： 可以。

　　Coco把皮包放在桌上，示意要小張檢查。小張照
　　做，越查臉色越難看。

小　張：（自語）怎麼會沒有……
Coco： 本來就沒有。
小　張：（自語）可是，神探……
Coco： 不要什麼事都相信那個笨蛋。

　　小張找到一張紙條。

小　張：這是什麼？
Coco：（臉色微變）那是……
小　張：誰給你的？
Coco： 呃……
小　張：快說。是誰的字跡馬上可以查出來。
Coco： 是，是那個長得有點怪怪的──

小　張：吳思華。讓我們打開看看，看他寫什麼給
　　　　你。（打開紙條，不相信所看到的）這是什
　　　　麼？

Coco：是他寫的，我還沒來得及看，我怎麼知道？

小　張：（瞥一眼字條，看著Coco）「我現在就要幹
　　　　你」。

聽到此，Coco狠狠地甩小張耳光。

燈光切換。

神　探：有什麼話你就老實說吧。

吳思華：我有什麼話沒老實說？

神　探：比如說，你跟Coco的關係？

吳思華作詫異狀，看到這個表情，神探更加得
意。

神　探：哼哼，厲害吧？

吳思華：厲害。

神　探：到底是什麼關係？

吳思華：還沒有關係。

神　探：什麼意思？

吳思華：將來可能有關係，目前還沒有關係。

神　探：你跟她不認識？

吳思華：不認識。

神　探：（逼近他，灑狗血地疲勞轟炸）那你為什麼
　　　　偷偷傳紙條給她，你說你說你說！隔壁的
　　　　Coco已經承認了，你最好不要狡賴。你到底
　　　　傳給她什麼訊息，你說你說你說！

吳思華：Coco出賣我了？！

神　探：沒錯！

吳思華：那你應該已經知道紙條的內容了啊。

神　探：我要你親口說出來。

吳思華：一定要嗎？

神　探：你不說嗎？

吳思華：　好，我說……我……

神　探：　快說！

吳思華：　「我現在就要幹你」。

神　探：　啊？

吳思華：　「我現在就要幹你」。

神　探：　現在？

吳思華：　「現在」。

神　探：　在哪裡？

吳思華：　啊？

神　探：　（回神）幹什麼，你是變態嗎？

　　　　燈光切換。

　　　　張小萍和陳文生一副閒話家常的模樣。

陳文生：　……畢業以後我就回來，在新竹工作，雖然
　　　　　還是住在天母。

張小萍：　這樣通車不是很累嗎？

陳文生： 還好。天母很有異國情調，而且在高速公路
　　　　 開車上下班，讓我有一種好像還在美國的感
　　　　 覺，只是有時候高速公路堵塞得很厲害，搞
　　　　 得highway像lowway似的，令人沮喪。

張小萍： 你需要一種還住在美國的感覺嗎？

陳文生： 我需要，不然我會瘋掉。

張小萍： 爲什麼？

陳文生： 我就是會瘋掉。

張小萍： 那你爲什麼不乾脆住在美國？

陳文生： 我幹嘛要住在一個會讓我覺得自己是二等公
　　　　 民的國家？

張小萍： 你這樣不是很矛盾嗎？

陳文生： 本來就矛盾。等一下，你現在是在試探我，
　　　　 還是跟我聊天？

張小萍： 聊天。我也很想出國去念書，但出國只是手
　　　　 段，它不應該會影響到我對家鄉的感覺。

陳文生： 它就是會。出國念書是package deal，全套
　　　　 的交易，你懂嗎？

張小萍：　我不懂。

陳文生：　全套的你不懂？假設你去馬殺雞，你可以馬
　　　　　一節，也可以馬兩節，也可以馬全套的，
　　　　　right？但是出國念書你就不能選擇要馬幾
　　　　　節，它必定是全套的，因為你不能期望只是
　　　　　吸收對方的知識，而不受到其他方面的影
　　　　　響。到最後，等到你意識到的時候，你才發
　　　　　覺它整個根本是換血的過程。

張小萍：　那是你的自我太弱了吧。

陳文生：　你覺得你的自我很強嗎？自以為很強的死得
　　　　　最快，我告訴你。我祝你將來有機會出國，
　　　　　因為以後你就會知道哪一天你的自我怎麼死
　　　　　的你都不知道。

張小萍：　你的死了嗎？

陳文生：　你想把我惹火嗎？

張小萍：　把你惹火你會怎樣？

陳文生：　不會殺人，你放心。

張小萍：　我不是那個意思。

陳文生：（肢體上帶點暴力威脅）你不要跟我談自
　　　　我，我告訴你。

張小萍：那就不談。

沉默。

張小萍：你痛恨外國人嗎？

陳文生：神探不是說我「崇洋媚外」嗎，我怎麼可能
　　　　痛恨外國人？

張小萍：人的心理很奇怪。

陳文生：是很奇怪，奇怪到我自己都不太了解我的行
　　　　為。

張小萍：怎麼說？

陳文生：平常我遛狗的時候都有準備衛生紙的習慣，
　　　　但我看心情而定，不是每次Uncle Sam大便
　　　　就一定會清理。

張小萍：你把你的狗取名叫Uncle Sam？

陳文生：不行嗎？

張小萍： 叫「美國大叔」太奇怪了吧？

陳文生： 還好你沒翻成「叔叔山姆」。

張小萍： 我英文沒你想像的爛，雖然我沒喝過洋水。

陳文生： 我有在跟你比喝羊水馬尿的嗎？

張小萍： 沒有，請繼續。

陳文生： 我要說的是，雖然我隨身攜帶衛生紙，但不是每次都會清大便。這完全看我那天是不是想當個好市民，也還要看Uncle Sam大便的時候旁邊有沒有人。Anyway，有一次Uncle Sam在一堆垃圾旁大便，我本來懶得清理，但我突然看到迎面走來一對外國男女，我趕緊蹲下去用衛生紙把大便包起來。後來我想，如果今天走來的不是外國人，我會不會撿起大便？我在他們面前撿起大便到底是要表現什麼？是要表現台灣不是他們想像的落後地區，還是表現我是個受過西方教育的現代公民？

張小萍： 你的結論是？

陳文生：沒有結論。

張小萍：你常去那家pub，是不是因為那裡外國人
多？

陳文生：是。

張小萍：你不喜歡啤酒屋嗎？

陳文生：幹嘛？你是汪笨湖的粉絲嗎？

張小萍：我只是想知道你為什麼喜歡去老外常去的地
方。

陳文生：我只是想交朋友。

張小萍：你確定只是交朋友嗎？

陳文生：確定。

張小萍：你穿什麼內褲？

陳文生：啊？

張小萍：你穿什麼樣的內褲？

陳文生：關你什麼事？那你又穿什麼樣的內褲？

005

你沒聽過薑母鴨店嗎？

Pub。

張小萍和小張坐著，兩人談話時，張小萍三不五
時翻看著桌上的卷宗。

張小萍： 你不覺得那面鏡子有點詭異嗎？

小　張： 我覺得很神奇。

張小萍： 這幾天我照鏡子的時候，總覺得有人在看著
　　　　 我。

小　張：是你在看你自己。

張小萍：那也滿恐怖的。

小　張：怎麼會呢？我要是你，我會隨時想照鏡子，
　　　　看著自己。

張小萍微笑，小張略覺尷尬。

張小萍：如果我們是在演戲的話，我現在應該說：
　　　　「這是我這輩子聽過最美的稱讚。」

小　張：我剛才講的不是台詞。

張小萍：我知道。

小　張：嗯，（指著張小萍手裡的卷宗）你現在不覺
　　　　得噁心了吧？

張小萍：還是有一點，但是我還是得把資料看完，否
　　　　則下禮拜國際警察的人來了，我怕會一問三
　　　　不知。我現在的做法，就是把所有的事件當
　　　　作一部電影，這樣子就不會覺得太恐怖了。

小　張：但是，你要知道電影跟人生不太一樣。

張小萍： 當然。不過一樣的是：事出有因，總是有線
索。

小　張： 你喜歡看電影？

張小萍： 我是標準的影癡。

小　張： 我也是。你知道嗎，在我還沒真正做警察之
前，辦案所需要的邏輯推理、聯想力、點線
面的連接，這些基本訓練我都是從電影學來
的。

張小萍： 我也是。

小　張： 但是，我當了警察後才知道，電影和人生不
同的是，現實裡的凶殺案件沒電影裡面那麼
曲折。大部分的案件脫不了兩件事。第一就
是色，第二就是財。這是我最近領悟到的。

張小萍： 這個任何人都領悟得到吧？難道沒有別的動
機嗎？

小　張： 當然有，比如說政治謀殺，但在台灣算是少
數。還有……還有……

張小萍： 那飆車族見車就砸、見人就砍是什麼動機？

小　張：那是集體性的暴力，要從社會學的角度來討
論。基本上，我認爲那些年輕人都是他媽的
瘋子。

張小萍：這一次呢？六個外國人遇害，你們有沒有查
出跟感情或錢財有關的線索？

小　張：金錢的動機應該可以排除，因爲這些老外大
部分是來台灣學中文或教英文的，沒什麼錢
值得搶的。

張小萍：那色呢？

小　張：可能性就大了。資料上有寫，我們有目擊證
人說Coco跟其中一個人有交談過，至於陳文
生嘛，應該是同性戀，他和其中兩人交往密
切，而且檢驗報告已經出來了，我們在死者
房間內找到的那件內褲確實是他的。你看過
《CSI：犯罪現場》那個影集嗎？

張小萍：我每一集都有看。

小　張：你想想看，如果我們有那種技術，一條內褲
可以提供多少線索啊！

張小萍： 對啊。

小　張： 可惜，我們唯一能查出來的是：它是一條子
　　　　彈型的BVD。

張小萍： 唉。

小　張： 唉。

張小萍： 吳思華呢？

小　張： 他最奇怪。他幾乎天天來這家pub，每次去
　　　　都是一個人坐在角落，不跟任何人談話，也
　　　　不跟別人有眼神的接觸，只是悶著頭喝自己
　　　　的酒。但是，根據我的調查——

張小萍： 你們憑什麼把他抓來問話？

小　張： 憑神探的直覺。

張小萍： 神探好像很相信他的直覺。

小　張： 不但如此，我偷偷告訴你，神探認為他最有
　　　　可能是凶手。

張小萍： 也是直覺？

小　張： 直覺。

張小萍： 如果現在發生的一切只是電影的話，你知道

　　　　觀眾會怎麼想嗎？

小　　張：怎麼想？

張小萍：觀眾的直覺會告訴他們，凶手絕對不是吳思
　　　　華。

小　　張：爲什麼？

張小萍：太早露餡兒了。

小　　張：太早了什麼兒？

張小萍：就是太早揭曉謎底了。

小　　張：喔，太早「露餡兒」了⋯⋯你好像不管什麼
　　　　事都會跟電影扯在一起。

張小萍：是嗎？

小　　張：（環顧四周）這種地方我坐不住，我還是比
　　　　較喜歡啤酒屋。

張小萍：我好像很少去啤酒屋。

小　　張：等一下這裡結束我帶你去一家啤酒屋，那裡
　　　　的生啤酒很棒，酒杯還冰鎮過的。

張小萍：我不行。

小　　張：有男朋友在等你？

張小萍：沒有，最近吹了。

小　張：爲什麼？

張小萍：因爲他不喜歡看電影。

小　張：（難掩興奮之情）太可惜了。

張小萍：是嗎？

頓。

小　張：嗯，有一點我搞不太懂，它跟整個案子沒有
　　　　直接的關係，但一直困擾著我，就是：爲什
　　　　麼有人會特別喜歡跟老外在一起？不管是同
　　　　性戀還是異性戀，爲什麼有人就一定要跟外
　　　　國人談戀愛？你是英文系畢業的應該比較了
　　　　解這種心理。

張小萍：我沒有交過外國男朋友。

小　張：你知道我的意思。我是說有人眞的會厭惡自
　　　　己到一定得在白種人身上才能找到認同的地
　　　　步嗎？

張小萍： 你太偏激了吧。有的人只想練英文，有的人
　　　　 只是很簡單地喜歡異國情調。

小　張： 有所謂簡單的異國情調嗎？

張小萍： 你好像很看不慣台灣女人跟外國男人在一
　　　　 起。

小　張： 我有這樣說嗎？

張小萍： 你對Coco的態度很不好。

小　張： 那是我對她的態度很不滿意。

張小萍： 她讓你聯想到八國聯軍嗎？

小　張： 我沒那樣說。

張小萍： 如果是台灣猛男跟外國女人呢？你會不會放
　　　　 鞭炮，在旁邊為他加油打氣？

　　　　 兩人互相凝視，無語數秒。

　　　　 神探走進。

　　　　 以下三人互動時，吳思華出現在角落，拿著酒杯

坐下。

神　探：這是什麼阿里不搭店？黑肅肅的什麼都看不
　　　　見，不怕喝酒喝到鼻孔裡去嗎？

兩　人：（站立）神探。

神　探：OK，小張，查訪得怎麼樣？

小　張：有點收穫。我們本來以為吳思華只來喝酒，
　　　　從不跟人談話，其實……（賣關子）其實……

神　探：你是要開口自己講出來，還是需要我用「羅
　　　　賴把」把它挖出來？

小　張：對不起。其實，他偶爾會跟酒保聊天。

神　探：（思索狀）嗯……

張小萍：你剛才怎麼沒說？

小　張：被你的八國聯軍打斷了。

神　探：什麼八國聯軍？

小　張：沒有啦。而且，吳思華常常用語言騷擾推銷
　　　　啤酒的美眉。

神　探：有意思……

燈光切換，三人站在原處，往吳思華的方向看去。

酒保上，拿著抹布抹拭著一張桌子。

吳思華：今天生意比較清淡。

酒　保：嗯？

吳思華：今天客人比較少。

酒　保：對。

沉默。

酒　保：再來一杯？

吳思華：等一下再說。

酒保正要離去時，吳思華又講話了。

吳思華： 說來也好笑。

酒　保： 什麼？

吳思華： 我來這家pub這麼多次，一直在做個實驗，
但一直沒有成功。不過，話又說回來，也許
一直很成功。這完全要看你從什麼角度來
看。

酒　保： 什麼實驗？

吳思華： 我每次來就是坐在這個角落，不看別人，也
不主動跟別人勾搭。我是在看哪一天會不會
有人主動來找我搭訕？如果有，會是什麼樣
的人，公的母的、老台還是老外？到目前為
止，還沒有人主動找我攀談，所以實驗失
敗，但是我早就預測這樣的結果，所以實驗
的結果其實非常成功。值得探討的地方是：
為什麼會有如此預期的結果？難道pub不是
一個讓人來結交朋友的地方嗎？

酒　保： 應該是吧。

吳思華： 那為什麼沒有人願意答理我呢？

酒　保：Pub嘛，你也知道，想要結交朋友最好是自
　　　　己主動，不然的話嘛，也要試著做眼神的接
　　　　觸，否則——

吳思華：你以爲這些低能的道理我不懂嗎？

酒　保：喂，是你找我閒聊的喔。

吳思華：不要生氣嘛，我沒有侮辱你的意思喔。（酒
　　　　保意識到對方在模仿他講話，正想走開）對
　　　　不起，請不要走開。（確定他沒走開）謝謝
　　　　……我只是在想，別人看到我坐在這裡時，
　　　　爲什麼會對自己說「那裡有個怪胎，少惹爲
　　　　妙」，而不會對自己說「那裡有一個歷經海難
　　　　的可憐人，咱們丟給他一根浮木吧」。

　　　　酒保意欲走開。

吳思華：你們這家pub在做善事，你知道嗎？

酒　保：爲什麼？

吳思華：我來這裡喝酒就是爲了要壓抑殺光全世界的

衝動。你受不了了，要走了，我看得出來。

酒　保：我是要走了，而且在我走之前，我要警告
　　　　你：下次你要是再跟我講話，說話的內容如
　　　　果不是「再來一杯」或「多少錢」的話，我
　　　　會把你從天母打到天祥。

此時，一位穿著制服的啤酒推銷女郎出現於舞台
的正後方。

吳思華：還滿有創意的嘛，天母打到天祥。你是原住
　　　　民嗎？

酒　保：你要我現在就揍你嗎？

吳思華：怎樣，我的問題冒犯你了嗎？你對你有原住
　　　　民的血統感覺自卑嗎？你對你被誤認為是原
　　　　住民感到羞恥嗎？要滾快滾吧，有人要主動
　　　　和我說話了。

酒保走開，下場。

啤酒推銷女郎：先生，我們最近正在促銷百威，您要

　　　　　不要試試看？

吳思華：靠近一點，我告訴你。

啤酒推銷女郎：（湊耳過去）什麼？

　　只見吳思華跟女郎耳語之後，馬上被對方甩了一

　　個耳光。

　　燈光切換，吳思華與女郎先是定於原處，然後以

　　慢動作的方式出場。

神　探：又是那句話？

小　張：又是那句話。

張小萍：這傢伙真的有病。

神　探：可能不只有病。（問小張）你還查到什麼？

小　張：喔，還有更勁爆的！

神　探：在我面前不要用時下年輕人的口頭禪。

小　　張：喔……還有更更更——

張小萍：更驚悚的。

小　　張：對。

神　　探：很好。你說。

小　　張：吳思華和Coco從來沒有交談過。

神　　探：講點新鮮的。

小　　張：但是Coco和陳文生有過接觸。

神　　探：真的？

小　　張：酒保證實了，而且我也分別問過他們兩人，
　　　　　兩人也坦承了。

神　　探：有沒有串供的嫌疑。

小　　張：應該沒有。

此時，Coco與陳文生從不同的方向走出，兩人手
上各拿著一杯酒，同時走到一張桌前，坐下。

張小萍：他們是朋友？

小　　張：剛好相反，是情敵。

神　探：情敵？

小　　張：有一次Coco搭上的男人剛好是陳文生想尬，

　　　　　嗯，想要勾引的漢子。

神　探：這世界太亂了吧！

小　　張：結果兩敗俱傷，反而把那個美國人嚇跑了。

神　探：簡直是兩隻互搶骨頭的狗嘛！

小　　張：而且都是母狗！

兩男笑開了，但看到張小萍毫無笑意，趕緊收斂

起來。

神　探：儿，後來呢？

小　　張：我比對他們兩人的說法，整理出來的結果是

　　　　　……

燈光切換。

不久，神探等三人以慢動作的方式下。

Coco：你沒聽過gay bar嗎？

陳文生：你沒聽過薑母鴨店嗎？

Coco：如果知道你這麼飢渴，我早就把他讓給你了。

陳文生：我不需要別人讓。

Coco：所以你跟別人搶？

陳文生：公平競爭。其實，我們沒什麼好吵的。

Coco：是沒什麼好吵的。那傢伙一看就知道是中看不中用。

陳文生：說得也是。你的英文不錯，哪裡學的？

Coco：美加。

陳文生：美國跟加拿大？

Coco：美加補習班。

陳文生：這個笑話很冷，你知道吧？

Coco：有比你這個會呼吸的冰箱更冷嗎？

陳文生：算你嘴賤。（頓）我猜想你一定是常常出國，但從來沒有在國外住過。

Coco： 幹嘛一定要在國外住過？

陳文生： 我在想，像你如此熱愛異國情調的人，爲什
麼不乾脆在國外定居？

Coco： 那是我的選擇。

陳文生： 你這麼喜歡跟老外混，住在國外不就是如魚
得水，還需要每天晚上往這家pub跑嗎？

Coco： 那你呢？你顯然是在美國住過的，爲什麼不
留在那裡？是混不下去嗎？

陳文生： 很抱歉，是混得下，但住不下。

Coco： 爲什麼住不下？想家？

陳文生： 說想家太嚴重。

Coco： 那爲什麼住不下去？

陳文生： 不關你的事。

Coco： 那我幫你分析好了。我認識一位社會名流，
對不起，名字叫什麼我必須保密。這個人喜
歡開著一部紅色敞篷的BMW在台北招搖，
連媒體都有報導過。你喜歡BMW嗎？

陳文生： 誰不喜歡BMW？

Coco： 那也要看哪一種BMW，台灣黑道開的我就不喜歡。Anyway，我這個朋友不但專業能力一把罩，英文更不是蓋的，幾可亂眞你懂吧。有一次他開車帶我去海邊兜風的時候，我就問他，爲什麼不留在美國。他說：「我當然可以留在那裡，可是在那裡，我只是一桶水裡面的一滴，我是個nobody。在台灣，我可以成爲somebody，成爲一桶水裡的蘿蔔。一滴水與蘿蔔之間，我當然選蘿蔔。尤其像我們男人，像我這種黃種男人，走在美國街道上，根本沒有白種女人會多瞧我一眼。對她們來說，我是個隱形人；對她們來說，我在sex這方面是門兒都沒有。但是，在台灣，甚至在亞洲，我不只是根蔥，還是棵蘿蔔，在sex這方面，門很多，而且每一扇門都開著的。」怎樣，我這個朋友講的有沒有道理？

陳文生： 你這個朋友是個asshole。

Coco：Asshole。對，我那位朋友是個屁洞，所以早就被我砥礪掉了。

陳文生：Asshole 就是asshole，不要講「屁洞」；delete就是delete，後面有個"t"的尾音，不要在那邊裝可愛，講什麼「砥礪」。

Coco：你惱羞成怒了嗎？

陳文生：誰在惱羞成怒？

Coco：不管我那位朋友是asshole還是屁洞，你不得不承認，他講的有一點道理。

陳文生：你要講道理，我教你一個道理。你認識一位社會名流，我也認識一位社交名媛。那個社交名媛跟你一樣，喜歡跟老外上床。有人曾經問她，既然如此媚外，爲何不乾脆搬到國外定居？你知道她怎麼回答嗎？她說：「基本上，這是個愚蠢的問題。在這裡，我擁有多重的身分。我不但是made in Taiwan，也是進口貨。我可以在老外面前表現得很土或很洋，既被動又主動，也可以在同胞面前表

現得很洋或很土，既主動又被動。在這裡，
我有異國調調，又有本土風情，搬到了國
外，我還有什麼？」

短暫的沉默。

啤酒推銷女郎走入。

陳文生： 怎樣，我這個朋友講的有沒有道理？

Coco沒有答腔，走出場外。

啤酒推銷女郎走近陳文生。

啤酒推銷女郎：先生，我們最近正在促銷百威，您要
　　　　不要試試看？

陳文生：好啊。

啤酒推銷女郎：先來一瓶？

陳文生： 你們是買一送一，對不對？

啤酒推銷女郎：對。

陳文生： 麻煩你把另一瓶拿去給坐在那邊的先生，就
說是我請的……

啤酒推銷女郎下，陳文生坐的區域燈漸暗。

006

看看能不能殺進聯合國

舞台某角落：神探拿著手機講電話。

神　探：喂？我今天不回家吃飯了。小芬放學回家了
　　　　沒？你有沒有打手機給她？為什麼你不打要
　　　　我打？我正在忙你也不是不知道。什麼意思
　　　　我在哪裡，我在外面辦案我在哪裡。小孩子
　　　　不回家是她自己不學好，不要說是跟我學
　　　　的。你知道我責任多大嗎？出了六條人命你
　　　　知道嗎？每天只管我不按時回家吃飯，哪一

天我一槍中彈倒在街上，你還在家裡怪我不
回家吃飯。什麼意思，你早就把我當成死
人？喂？喂？幹！（掛掉手機，再打一通，
聲音轉柔）喂？我今天不過去了。嗯，好。
你自己好好吃飯了咯。嗯，好。

神探按掉手機，一個人站在原處，若有所思數秒
後下。

燈光切換。

張小萍一人坐在單人沙發，膝上有一部筆記型電
腦。

漸漸，她好像看出一些端倪，一下看看電腦，一
下翻閱別的卷宗，比對之下似有所悟。

燈光切換。

偵訊室：神探和小張，一站一坐，旁邊多了一個
雙面白板，上置有數枝各種顏色的白板筆，大部
分筆套沒蓋。白板上貼有六名死者的照片。

神　探：我們現在來做總結。我負責推理，你負責點
頭。首先，六個死者，三個嫌犯。我們查過
了，六個死者互不認識。（說著，神探在白
板寫下一個只有他自己看得懂的符號。）

小　張：對。

神　探：再來，凶嫌是一個人的可能性最大。（再於
白板寫下一個符號）而且做案的方式有相同
也有不同。相同的是：凶手都是用毒藥殺死
受害人的，至於是什麼毒藥法醫還在鎖定當
中。不同的是，每一個犯罪現場都經過設
計，每個布置都不一樣。（再寫符號）有關
每個犯罪現場的布置我等一下再歸納，因為
這是最耐人尋味的地方。

小　張：神探，對不起，你在寫什麼啊？

神　探：我在做筆記。

小　張：那是什麼文啊？甲骨文嗎？

神　探：這是我個人研發出來的符號，只有我看得懂。

小　張：喔⋯⋯

神　探：繼續。但是，凶手做案對象的共通點在哪裡呢？

小　張：主要是──

神　探：我不是在問你，我在問我自己。一樣的地方是：凶手先在pub認識死者，然後兩人一起回到死者的家，通常是半夜兩三點。這點凶手非常奸巧，因為這個時候最不會有目擊證人。但是人算不如天算，因為我們還是找到了目擊證人。他們是誰？

小張沒有回應。

神　探：　我在問你。

小　張：　喔。五月八號凌晨兩點的時候，有個失眠的
　　　　　歐巴桑看到長得像Coco的女人和第三位死者
　　　　　一同走進他的公寓。

小張一邊講，神探一邊在第三位死者的照片下寫
上符號。

小　張：　還有，五月十一號清晨一點多的時候，有個
　　　　　半夜出來遛狗的中年人，看到長得像陳文生
　　　　　的男子和第四位死者一同走進他的公寓。

神探照寫，以下亦同。

神　探：　半夜遛狗的怪叔叔。我告訴你，小張，半夜
　　　　　出來遛狗的人通常有問題，但是多謝這個有
　　　　　問題的目擊證人，讓我找到了陳文生跟這些
　　　　　案件的關聯。為什麼這種筆這麼快就沒水？

（摔筆）恁娘的！

小　張：因為——

神　探：自從他們把黑板換成白板以後，每次都是筆
　　　　很快就乾掉了，不但打斷我的思考，還影響
　　　　了我的判斷，幹！

小　張：這種白板筆寫完要馬上把蓋子套上，不然會
　　　　一下子就乾掉了。

神　探：我在思考人命關天的大代誌，哪有時間去想
　　　　到要蓋蓋子？好，我現在給你一個任務，我
　　　　每次寫完後，你要做動作提醒我蓋蓋子。

小　張：好。

神探換枝新筆。

神　探：可惜的是，我們到現在還查不出那個怪叔叔
　　　　的身分。

神探寫下符號，小張馬上做提醒他要蓋上筆蓋的

動作。

神　探：喔。（照做）因此這個人如果不出面，我們
　　　　也是沒法度。我已經派人在附近巡察，但還
　　　　是沒有結果。而且他是用公用電話報警的，
　　　　我們也無從追蹤來源。

小　張：（做動作）至少通聯記錄顯示他是哪一區打
　　　　來的。

神　探：喔。（照做）對，死者住處的那一區。因此
　　　　找到這個神祕的喜歡在半夜遛狗的變態男子
　　　　是個關鍵。

神探又忘了蓋筆套，小張再度以動作提醒他。

神　探：小張，拜託你不要再提醒我了好嗎？你那個
　　　　動作（模仿小張）實在有點猥褻，不曉得在
　　　　跟我暗示什麼。

小　張：我──

神　探：不過你的動作也很巧地暗示了一個重點。這
　　　　六起凶殺案最大的共通點就是一個字：性。

小　張：感情糾紛。

神　探：不一定有感情的成分。可能只是性。

小　張：獸性的性。

神　探：因為所有死者的公寓都沒有強行入侵的跡
　　　　象，而且受害者都是做愛後遇害的，每一個
　　　　人的死相，講死相不太好聽，每一位死者的
　　　　臉上，都掛著笑容。而且，我剛剛才接到法
　　　　醫的報告，死者跟凶手做愛之前都吃了至少
　　　　一粒威而剛。

小　張：死者都是年輕人，應該不需要吃威而剛才
　　　　對。

神　探：（有點失控，欺向小張）你以為只有中年人
　　　　才需要威而剛嗎？你以為你們年輕人都很厲
　　　　害，要它硬就硬得起來嗎？

小　張：我沒……

神　探：呵呵呵，我是開玩笑的。重點很可能是凶手

要他們吃的，他可以騙他們說「要搞就搞整
晚，我們來個性愛馬拉松」之類的話。然
後，等死者吃下威而剛以後，兩人開始做
愛，做完愛之後，凶手乘機在酒裡下藥讓受
害人昏迷致死。凶手很小心，我們沒有收集
到可疑的指紋，但是他卻故意留下了一個記
號。那就是？

小　張：你要我回答嗎？

神　探：當然要你回答，不然我問你幹嘛？

小　張：他在每一個死者的陽具上──

神　探：爛鳥就是爛鳥，不要說學名。

小　張：他在死者的爛鳥上用簽字筆畫上兩個零的記
　　　　號。

神　探：（在白板上畫上「00」）對，我們現在來看這
　　　　兩個零代表什麼。它們可能代表卵孵仔。

小　張：什麼？

神　探：恁娘的什麼都不懂。睪丸啦！還有，它們可
　　　　能代表──

小　張：兩顆雞蛋。

神　探：兩顆雞蛋一塊卵啦！它們可能代表某個祕密團體的記號，這一點我已經派人去查了。它也可能代表一百。

小　張：啊？

神　探：一隻爛鳥加兩個00不是一百是什麼？

小　張：喔，呵呵。

神　探：這是很基本的推論，不要笑得像白癡一樣。接下來的問題是，如果是一百，那它又代表什麼？

小　張：凶手是資優生，從小到大都考一百？

神　探：雖然幼稚可笑，但並不是不可能。

小　張：也可能是凶手認為他做案一百分，完全沒有留下破綻。

神　探：最可能的，而且我最怕的是——凶手計畫殺一百個人！

小　張：哇！

　　此時，張小萍上，手上抱著一些資料，將它們放
在桌上。

張小萍：對不起。

神　探：你來幹嘛？

張小萍：我找到線索了，我找到六名死者之間的關聯
　　　　了。

神　探：喔？是不是跟卵孵仔有關？

張小萍：啊？我知道凶手為什麼殺人了。

　　張小萍打算在白板上寫東西，卻看到上面畫滿了
奇形怪狀的符號。

張小萍：這是什麼鬼畫符？

小　張：呃，這是……

神　探：這是我的鬼畫符。

張小萍：可不可以擦掉？

神　探：這是我第一階段推理的結晶，你敢擦掉？！

張小萍：當然不敢。（假裝看了一下）果然精采，不
　　　　愧是神探。（才說完馬上把白板翻轉過來）
　　　　如果你們不介意，我提出一個看法給大家參
　　　　考。我用一二三代表死者……四、五、六。
　　　　（寫完馬上套上筆蓋）我們一個一個來，從凶
　　　　手在現場故意留下的線索講起。首先，我們
　　　　都知道的是：凶手先用毒藥毒死受害者，然
　　　　後才把凶殺現場像舞台一樣設計了場景。

小　張：但是，法醫到目前為止還沒有鎖定是哪一種
　　　　毒藥。

神　探：我猜不是老鼠藥就是巴拉松。

小　張：為什麼？

神　探：這是台灣呢！在台灣要毒死人，不用老鼠藥
　　　　或巴拉松還能用什麼？

張小萍：不一定。我們的凶手很有創意。

神　探：難道你知道是什麼毒藥嗎？

張小萍：我大概猜得出來，但是這我等一下再講。首
　　　　先，我們在一號死者緊閉的嘴唇上發現用強

力膠黏著一根頭髮，（在白板上寫下「頭
髮」，套上筆蓋）可惜是死者的頭髮。再來，
第二個死者的左胸被插入一把飛鏢，奇怪的
是，凶手在他肚子上擺了一本記事簿。（寫
下「飛鏢」、「記事簿」，套上筆蓋。）

神探驚歎地看了小張一眼，頻頻點頭，張小萍意
識到了。

張小萍：這種筆不用的時候要隨時蓋上，不然很快就
　　　　會乾掉。

神　探：我早就知道了。

張小萍：再來，第三位死者全身被塗上了——

兩　男：蠔油。

張小萍：對。蠔油。（寫下「蠔油」。）

小　張：凶手塗得很勻，至少用掉十罐以上。

張小萍：沒錯，表面上看起來凶手殺人的MO不太一
　　　　樣——

神　探：什麼O？

張小萍：就是做案的手法，原文是拉丁語，叫modus
　　　　oper──

神　探：管它什麼語，趕快講。

張小萍：表面上每個死者的死法都不一樣，但是他們
　　　　的死因都相同。

神　探：這些我們都知道了。

張小萍：對不起，神探，麻煩再給我幾分鐘。第四個
　　　　死者的整個臉部被蓋上了一隻死章魚。（寫
　　　　下「章魚」，然後略微停頓）如果，我猜得沒
　　　　錯的話，凶手就是用章魚的毒汁把受害者毒
　　　　死的。

小　張：我不曉得章魚有毒。

神　探：沒事要多看Discovery，不要只看HBO。

張小萍：有的章魚有劇毒。

小　張：凶手怎麼搞得到呢？

神　探：台灣是海島，四面八方都搞得到。

小　張：我突然想到一個問題。爲什麼凶手要先把受

害者毒死？原因可能是他們清醒的時候，凶
手沒辦法跟他們比氣力，所以我猜凶手應該
是女的！

神　探：　對，是Coco！

張小萍：　（走到小張坐的地方）你是說我沒辦法趁你
不防備的時候用這枝筆戳破你的眼珠子嗎？

張小萍略帶殺氣，小張嚇得身子往後傾斜。

神　探：　大家在腦震盪，不是，是腦激盪，你不要生
氣。請繼續，繼續。

張小萍：　對不起。第五個死者的脖子被纏了一圈鐵
絲，而且手裡握著一隻手錶。（寫下「鐵
絲」、「手錶」，但這次寫完忘了套上筆蓋。）

神探和小張不約而同地做提醒她的手勢。

張小萍：　你們在做猥褻的動作嗎？

小　張：不是，是你忘記套上筆蓋了。

張小萍：喔。（照做）最後一位死者的場景布置特別
　　　　奇怪，因爲幾乎沒有布置。但是，我們在他
　　　　床邊的矮櫃上看到兩張聖誕卡。

小　張：可能是他自己的。

張小萍：現在才五月，他需要什麼聖誕卡，而且兩張
　　　　聖誕卡裡面都沒寫什麼字，所以很可能是凶
　　　　手放的。（寫下「聖誕卡」）重點是，爲什麼
　　　　是聖誕卡，而且要兩張？（寫下「2」。）

神探和小張作思索狀。

兩　男：這……嘖……

張小萍：我不是在問你們。

兩　男：喔。

兩男放輕鬆。

張小萍： 從以上的線索，我得到了一個結論。我的推
　　　　論，你們等一下看一些影片就知道了。這是我
　　　　昨天晚上燒的，有點粗糙，你們忍耐一下。

張小萍向場外示意可以放DVD了。場內燈暗，懸
吊布幕降下。（若無布幕，可以電視機替代）放
映開始：一開始就是007系列電影的片頭，之後就
是與線索有關的片段。

註：若能使用原影片當然最好，若無法取得授
權，可自行拍攝，凡死者皆由假人替代。

影片放映完後，張小萍開始解說。

張小萍： 沒錯，六起血案都和007有關。第一起凶殺
　　　　案模仿007的第一集，中文就叫《第七號情
　　　　報員》，裡面有一幕史恩康納萊出門前用口水
　　　　把一根頭髮貼在衣櫃上，這樣他晚上回來，

看看頭髮在不在，就可以判斷有沒人闖入了他的房間。

神　探：等一下，要是口水不夠黏，自己掉下來怎麼辦？

小　張：我們現在就拔根頭髮來試試看。

張小萍：兩位，我在講的是電影情節，電影不用那麼科學。

小　張：對不起。

張小萍：第二起凶殺案模仿的是《太空城》，其中有一幕是，007打開對手的記事本時，裡面突然射出了飛鏢。第三起凶殺案模仿的是《金手指》，裡面有個女人被謀殺後，全身被塗上一層金粉，但是我們的凶手很本土，用的是蠔油。第四起凶殺案最好猜，因為007系列電影裡面有一集就叫《八爪女》，那個八爪女的致命武器就是毒章魚。第五起凶殺案copy的是《第七號情報員：續集》，裡面有個來自俄羅斯的殺手，從手錶拉出鐵絲想把007勒死。

第六起凶殺案的現場最難解讀，我一直找不
到聖誕卡和007的關聯，就在我快要放棄的時
候，我看到了《縱橫天下》的結尾：電影最
後和００７做愛的龐德女郎名字就叫做
Christmas，而且007還開玩笑地說：「我以
為聖誕節每年只來一次。」

神　探：嗯？

小　張：不懂。

張小萍：不懂嗎？做愛，只「來」一次。

小　張：喔……嘿嘿嘿。

神　探：嗯？

神探仍然未解，小張湊上身體，在他旁邊耳語一
番後，兩人淫笑起來，像青少年似地推來推去，
忘了張小萍的存在。

神　探：這個好！

小　張：「聖誕節來兩次」，這個妙！

神　探：可能不止兩次！

張小萍不耐地輕咳幾聲，兩人才知所收斂。

張小萍：以上就是我的推論。請開燈，謝謝。

短暫的沉默。

小　張：原來如此……

神　探：嗯……

神　探：這些凶殺案如果真的跟007電影有關……可是
　　　　那兩個零你怎麼解釋？

小　張：對啊，你怎麼解釋？神探認為凶手有意殺一
　　　　百個人。

神　探：我那只是初步的推論而已。

張小萍：我猜凶手，至少在這個階段，只想殺七個
　　　　人。

小　張：七個人？

小　張：哇，那還有一個。

神　探：爲什麼是七個？

張小萍：每一個死者的陽具上畫有兩個零，每一個就代表001，不是100，所以，六個死者等於006，凶手再殺一個就是007了。

神　探：凶手是想當007囉？

張小萍：是，也不是。我猜凶手是007迷，從第一集到最近的一集都看過。凶手大概發覺到從以前到現在007一直在宣揚大英帝國的榮耀，西方人的優越感。西方永遠最先進，第三世界永遠最落後：只要是牽涉到非洲就只有巫術，牽涉到東歐只有黑社會，中東只有弄蛇人和笛子，亞州只有貧民窟。有足夠的智慧能和007敵對的絕對也是白人，絕不可能是周潤發、李連杰或是成龍。

小　張：所以凶手仇視白人，尤其是白種男人。

張小萍：沒錯。但是他中毒太深，仇視白人的同時又對007有強烈的認同感。

小　　張：又恨007，又愛007。

張小萍：他最想殺的其實是007。

神　　探：換句話說，他最想殺的是他自己，因爲他自
　　　　　認爲是007。

張小萍：對。

神　　探：所以他留下這些線索，希望被抓，甚至希望
　　　　　被殺。

小　　張：（輕聲）我的天啊……

神　　探：我的判斷還是沒錯，整件案子還是跟性有
　　　　　關。

張小萍：性只是手段，不是目的。凶手希望他的事蹟
　　　　　公諸於世。我昨天上網查了一下，根據美國
　　　　　FBI的統計，大部分的連續殺人犯者的年齡
　　　　　在二十五到三十五歲之間，而且他們大都是
　　　　　白種男人。我們這位凶手恨不得讓全世界都
　　　　　知道：台灣也有連續殺人犯，不但是made in
　　　　　Taiwan，而且不爲錢財，也不爲情色，爲的
　　　　　是一個理念。他要告訴全世界：他是黃種

人，他專殺白人！到時候CNN一報導，全世
界就都會記得有他這個人，有台灣這個地
方。

神　探：那就繼續殺吧！看看能不能殺進聯合國！

張小萍：啊？

神　探：沒有，我是在揣摩凶手的心理。

小　張：（崇拜地望著張小萍）哇……神探！

神　探：嗯？

小　張：不是，我是說，沒想到你還真是個影癡，007
　　　　電影比我還熟。

張小萍：其實不熟，我以前只看過幾集，也不太喜
　　　　歡。我是為了尋找線索，才昨天晚上一口氣
　　　　用快轉把每一集看過一遍。

小　張：神探，如果小萍的推論沒錯，接下來怎麼
　　　　辦？

神　探：接下來有得玩了！我需要你演一齣戲。

小　張：我？演戲？

神探等三人下。

燈光轉換。

偵訊室：桌椅分成三組，從左到右分別坐著陳文生、Coco、吳思華。小張遊走於三人之間。

同時，神探和張小萍在觀察室裡靜觀一切。

小　張：告訴你們一個好消息。

陳文生：我可以走了。

小　張：對。

Coco：我沒有嫌疑了？

小　張：對。

吳思華：我早就知道我沒有嫌疑。

小　張：不但你們沒有嫌疑，而且你們根本沒有資格有嫌疑。根據張小姐，不是——（往觀察室的方向看了一下，其他三人也跟著看。）

神　探：這個笨蛋！

小　張：根據我們的調查推論，連續殺人犯者絕大部
　　　　分是白種男人，而且是宗教狂熱分子，以至
　　　　於他們在殺人時自以為是替天行道，以懲世
　　　　人。

Coco：你錯了。二○○二年美國華盛頓特區就發生
　　　　了一起連續凶殺案件，FBI一開始就認定是
　　　　白人幹的而忽略了重要的細節，最後才發現
　　　　他們一直跟錯了車、找錯了人，真正的凶手
　　　　是一個黑人和他領養的牙買加兒子。這你怎
　　　　麼說？

小　張：嗯……（看了右邊一下）你胡說……瞎掰！
　　　　（再看右邊。）

其他三人也跟著往觀察室的方向看。

神　探：塞你娘的，這個大笨蛋。

　　張小萍靈機一動，做了一個按鈕的動作。她的聲
音從擴音器傳來。

張小萍：那個案件我們非常清楚。那個黑人父親雖然
　　　　自稱「上帝」，但他其實要的是錢。眞正的連
　　　　續殺人凶手——
神　探：（對張小萍）不要講太多。
小　張：對。
Coco：謝謝張小姐的補充。
小　張：大部，大部分的連續殺人凶手都有比殺人更
　　　　……怎麼說？更高超……不對，太抬舉他們
　　　　了，更扭曲的原始目的……他們大都患有彌
　　　　……（偷看手裡的字條）彌賽亞情結。

　　從以下起，小張漸漸變凶，到最後幾近謾罵。

小　張：請問，你有彌賽亞情結嗎？你聽過彌賽亞情
　　　　結嗎？你會寫彌賽亞情結嗎？

陳文生： 你會寫嗎？

小　張： （略為愣住）當然會。總而言之，根據我本
　　　　人的判斷，凶手一定是白種男人。

吳思華： 別忘了阿拉伯人，他們有阿拉情結。

小　張： 阿拉伯的恐怖分子想混在台灣可沒那麼容
　　　　易，而且那家pub從來就沒有出現可疑的中
　　　　東人。

吳思華： 你忘了台灣也有回教徒。

小　張： 台灣的回教徒都是一群愛好和平的善良公
　　　　民。

吳思華： 你這是新聞局的文宣嗎？

小　張： 你們真的很有意思。我要放你們走了，你們
　　　　好像有點懊惱。怎樣，不懷疑你們，你們覺
　　　　得受辱嗎？你們有資格受到懷疑嗎？你，
　　　　你，還是你，有那個膽量犯下六起凶殺案
　　　　嗎？你們有那個種嗎？

陳文生： 既然要放我們走了，你廢話那麼多幹嘛？

小　張： （忘記自己的身分而失態）因為我看不起你

們。台灣pub那麼多，你們偏要去老外出沒
的地方。啤酒屋沒聽過嗎？台灣男人那麼
多，你們偏愛老外的陽具。（對著陳文生和
Coco）怎樣？老外的爛鳥真的就比較大嗎？

Coco： 比你的大。

小　張： 大就比較爽啊？

陳文生： 比你的爽。

張小萍： 你剛才有要小張講這些嗎？

神　探： 沒有，他現在在即興。

張小萍： 我看他不是在演戲，他是真的在發飆。

小　張： 你們可以走了。不過，在你們走之前，我要
告訴你們：崇拜白人只有自取其辱，白人更
不會把你當人看。滾吧，看到你們我就想
吐！

三人一一離開，留下小張。

小張因過度激動，靠在桌邊，喘著氣。

007

我現在就要幹你

簡便客廳的擺飾：客廳裡有一組沙發。張小萍坐
在單人沙發，小張坐在長形沙發。兩座沙發之間
有一矮几，其上置有一座小型的CD player。兩人
看似處於同一空間，其實他們是各自在自己公寓
的客廳。

張小萍正在電腦上查資料，電話聲響，拿起手機
接電話。

張小萍：喂？我在家裡……不要了，今天不想出去，
　　　　這幾天累壞了，你們玩吧……還沒有結果，
　　　　但是我的部分要等後天國際刑警的人來了才
　　　　算開始……少來了，那個英國人長什麼樣子
　　　　我都還不知道，你已經在替我幻想了……什
　　　　麼？……我不能告訴你……因為還沒有結案
　　　　……好了啦，不聊了……拜。

張小萍收起手機，若有所思，來回走幾步，有時
和小張擦身而過，但兩人無視對方的存在。

掛在小張腰際的walkie-talkie發出訊號，小張拿
起。

小　張：喂？

神　探：（場外）一切就緒。你還好吧？請回答。
　　　　Over。

小　張：還好……神探，你覺得凶手會上鉤嗎？

神探沒有回答，只傳來雜訊。

小　張：神探，你怎麼不回答？

神　探：笨蛋，你不講over，我怎麼知道你講完了？
　　　　Over。

小　張：喔。Over。

神　探：Over什麼？

小　張：喔，我是問：你覺得凶手會上鉤嗎？Over。

神　探：（場外）不知道，賭賭看吧。Over。

頓。

小　張：已經很多天了，還是沒有動靜……神探？
　　　　Over。

神　探：（場外）怎樣？Over。

小　張：我那天講話有點情緒化，不夠專業。

神　探：（場外）沒關係，我尤其喜歡「白人爛鳥就

　　　　比較大」那一段……你不要太緊張，有事我
　　　　會跟你通話。

小　張：好。

神　探：小張。

小　張：還有什麼要交代的？

神　探：你……你這次表現得很好。

小　張：謝謝，不過，你用這種語氣講好像我一副快
　　　　要陣亡的樣子。

神　探：你放心，有我在你不會陣亡的。

小　張：我知道。

神　探：小張。

小　張：嗯？

神　探：這次讓你當誘餌我心裡有點不安。

小　張：不要這樣講，是我自願的。我們總不能讓阿
　　　　斗仔看衰。

神　探：對，不能讓他們看衰，一定要在他們來之前
　　　　破案。Over。

小　張：Over。

小張關上walkie-talkie後，開始在房間檢查他暗藏
的武器。先在沙發墊下拿出手槍，確定裝有子
彈；然後走到立燈處，從燈罩裡拿出一隻小刀，
再放回去；最後在另一張沙發底下拿出棒球棒
後，又放回去。

同時，張小萍還在電腦上查資料。

小張拿起手機打電話。

手機響起，張小萍接電話。

小　張：哈囉。

張小萍：哈囉。

小　張：沒事，只是無聊。你在幹什麼？

張小萍：我在查一個線索。

小　張：你又有直覺啦？

張小萍：　我覺得我們好像忽略了一個重要的細節。

小　　張：　什麼細節？

張小萍：　可能沒什麼，等我查到再說吧。

　　　　　頓。

小　　張：　已經第五天，還是沒有動靜，神探說今天再
　　　　　　沒事的話，明天就撤。

張小萍：　這樣也好。你這幾天晚上都不能出門，一定
　　　　　　很悶。

小　　張：　還好。只是激將法沒有成功我有點懊惱。我
　　　　　　是不是露出了破綻？

張小萍：　沒有，你講得很好。

小　　張：　可是，我最後破功了。

張小萍：　哪有，這樣才更逼真。

小　　張：　我不是義和團，我沒有仇視老外，你懂嗎？
　　　　　　我不會在乎誰想跟老外上床——

張小萍：　我懂。

小　　張：我只是好奇他們的心理。

張小萍：我知道。

小　　張：你只是在安慰我⋯⋯說不定我很在乎，說不
　　　　　定——

張小萍：不要在那邊自責了。即使你在乎又怎樣？誰
　　　　　沒有偏見？像我就有一大堆莫名其妙的偏
　　　　　見。

小　　張：比如說？

張小萍：穿皮衣的男人我不喜歡。

小　　張：還有？

張小萍：穿子彈型內褲的男人我不喜歡。

小　　張：（拉開褲子，看看自己的內褲）還好⋯⋯不
　　　　　是，還有呢？

張小萍：穿深色褲子然後穿白襪子的男人免談。

小　　張：（看看自己襪子）你偏見還不少。還有呢？

張小萍：不講一點髒話的男人我不要。

小　　張：我操，那我他媽的沒希望了嘛。

兩人笑。

沉默。

小　　張：你能不能答應我一個要求？

張小萍：我答應你，等這個案子告一段落後，我陪你
　　　　去淡水喝咖啡。

小　　張：你才應該叫神探。

張小萍：但是你要陪我看電影。

小　　張：沒問題。

張小萍：小張，你記不記得Coco在pub裡面對陳文生
　　　　說的那個故事？

小　　張：什麼故事？

張小萍：有關一個社會名流的故事。

小　　張：你是說那個屁洞喔？

張小萍：對。

小　　張：怎麼樣，她那個是瞎掰的吧？

張小萍：我不知道，我正在電腦上查查看。

小　張：應該是瞎掰的啦。

張小萍：大概吧……

小　張：我要掛囉，拜拜。

張小萍：……拜拜……

　　　　兩人同時收起手機，同時坐在沙發上，面對面傻笑。

　　　　Walkie-talkie響起。

小　張：喂？

神　探：（場外）有動靜了，小張！你注意聽，吳思華人不見了，我們的人跟丟了。Over。

小　張：怎麼會這樣？Over。

神　探：（場外）因爲台灣警察都是笨蛋，恁娘的。最後一次看到他的時候是往東區的方向，他一定是故意繞道。我告訴你，我已經把所有的人一半調到你住的地方，一半調到幾家

　　　　　pub的附近。

小　張：不要把他嚇跑了。

神　探：（場外）我知道，你要小心。

小　張：我們對講機先關死了，免得穿幫。

神　探：（場外）好，用手機聯絡！Over！

小　張：（喃喃）Over。

　　　　小張關掉walkie-talkie，坐立難安。

小　張：（自語）往東區的方向……（趕緊拿起手

　　　　　機，打電話）往東區的方向……我靠！

　　　　小張似乎想到什麼，整個人跳起來，先用walkie-
　　　　talkie想跟神探聯絡，發覺對方已關機後，馬上用
　　　　手機打電話。

神　探：（場外）喂？我今天不過去了。什麼？我太

　　　　　太打電話給你？她打電話給你幹什麼？她怎

　　　　　麼知道你的電話？啊？她說什麼？小芬已經

　　　　　三天沒回家了？你等一下，我先打電話回

　　　　　家。（按掉手機，再撥一通。）

小　　張：（聽手機）他媽的，這時候打什麼手機。

小張按掉手機，坐立難安。

這期間，張小萍正聚精會神地盯著電腦，突然若
有所悟。

張小萍：天啊……

小張打手機，張小萍的手機響起。

張小萍：（接電話）喂？

小　　張：小萍！

張小萍：我正要打電話給你！給你猜對了。

小　　張：猜對什麼？

張小萍： 我知道誰是凶手了！

小　　張： 我也知道！你身邊有沒有槍？

張小萍： 當然沒有。

小　　張： 我告訴你——

門鈴聲響。

張小萍： 你等一下，我去開門。

張小萍手拿著電話走出場外。

小　　張： 不要開門！

張小萍沒聽到，消失於舞台後方。

小張一手拿著手機，另一手拿起 walkie-talkie。

小　　張： 喂？我是小張，請回話。喂，喂，請回話。

張小萍以倒退的方式上場，拿著手機的那隻手藏在身後。

場內出現吳思華拿著一把刀，逼進張小萍。

張小萍： 怎麼會是你？

吳思華： 為什麼不是我？

張小萍： 你要幹什麼？

吳思華： 我現在就要幹你。

張小萍： 你是每個女人都想幹嗎？

吳思華： 電話掛掉。

張小萍，關上手機，把它丟在沙發上。

小　張： 喂？喂？

吳思華： （同時）每一個我得不到的女人我都想幹。

張小萍： 那可以得到的女人是不是都幹不了？

吳思華：你在講什麼？

張小萍：你怎麼知道你得不到我？

吳思華：我就是知道。

張小萍：你知道錯了。如果有機會，在不同的情況下
　　　　認識你，我可能──

吳思華：（吼）不要騙我！不要侮辱我的智商！

張小萍：（模仿）「不要侮辱我的智商！」你在模仿電
　　　　影裡面的凶手嗎？

吳思華：你在取笑我嗎？

張小萍：沒有，我在稱讚你。

吳思華：你又來了。

　　　　吳思華逼近張小萍。

張小萍：好，我不騙你。我對你沒感覺……

吳思華：為什麼沒感覺？

張小萍：因為，因為……我們邊聊邊聽音樂好嗎？

張小萍啓動矮几上的音響。

電話老是打不通，小張只好帶著手機，拿出藏好
的槍，衝出場外。

吳思華： 聽什麼——

吳思華還沒有講完，張小萍已經按下CD Player。

音效：007的主題曲。

吳思華： 你放007的音樂給我聽幹嘛？

場外傳來Coco的聲音。

Coco： （場外）她是放給我聽的。

Coco出現了，手上拿著一把槍。

吳思華：你來這裡幹嘛？

Coco：你不是也要幹我嗎？

吳思華：那是我明天的計畫。

張小萍：果然是你。

Coco：你們早就應該知道是我了，尤其是你。

張小萍：對。

Coco：不要過來！（對吳思華）刀子丟掉，在一邊
　　　給我站好！

　　　吳思華照做。

張小萍：我剛剛才發現，原來你跟陳文生提到的那個
　　　社會名流還真有其人。

Coco：那是五年前的事了。

張小萍：他失蹤前有人看到他和一個神祕女郎在一
　　　起。

Coco：你怎麼會想到要查呢？

張小萍： 紅色敞篷的BMW。007開的都是BMW。

Coco： 算你及格。

張小萍： 你把他怎樣了？

Coco： 你猜呢？

張小萍： 你在死者下體留下的記號，可以是兩個阿拉伯數字的零。

Coco： 沒錯。

張小萍： 也可以代表兩個英文字母O。

Coco： Co-co。

吳思華： 你們在講什麼啊？我還在場耶！

Coco： 你在旁邊幹自己吧。我早就知道是你想出來的，憑那個自稱神探的豬頭和那個還沒斷奶的小張怎麼可能想到007？但是，我對你還是很失望。你太相信統計數字了，以為連續殺人犯一定是男人。這幾天新聞報導一直說凶手應該是白種男人。人是我殺的，功勞是別人的，你說我會服氣嗎？

張小萍： 那是騙你的，引蛇出洞你不懂嗎？你現在想

怎樣？

Coco： 把你們都殺了。

吳思華： （下跪）求求你，不要殺我。

張小萍： 我們兩個都死了，加起來變八個，這個數字不太好聽吧，008？

Coco： 我會要他自己跳樓，所以他不算是我殺的。

吳思華： 我不要跳樓，我懼高！

兩　女： 閉嘴！

張小萍： 你還忘了一個小細節。

Coco： 什麼？

張小萍： 我不是白人。

Coco： 你骨子裡就是。

張小萍： 我不是香蕉。

Coco： 所有你們這種背景出身的都是香蕉，不管你承不承認。

張小萍： 我連個英文名字都沒有。

Coco： 我現在就幫你取一個。

Coco向前趨近，張小萍往後退。

張小萍： 說來聽聽吧。

Coco： 什麼東西？

張小萍： 在我死之前，我想知道你的動機。

吳思華： （站起）我也很好奇。

兩　女： 閉嘴！

Coco： 你以爲這是好萊塢電影嗎？凶手在最後一定
要交代動機嗎？

張小萍： 算了，我其實也不想聽。

Coco： 你不想知道？

張小萍： 我只是想拖時間。

Coco： 盡量拖，反正沒有人會來救你。

張小萍： 你對電影還眞熟。

Coco： 沒人比我熟。我是靠電影而活的。我只看好
萊塢，拒看藝術片，也拒看台灣的假藝術
片。

張小萍： 我也是。

吳思華： 台灣的電影就是被你們這種人害死的。

　　　　兩女同時瞪他一眼。

Ｃｏｃｏ： 我最愛看的是007。我愛007，我愛死007。
　　　　　但是他的臉孔一直換，每幾年就換一個，搞
　　　　　得我有一種被欺騙的感覺。當他們最近宣布
　　　　　007又要換人時，我就決定要完成一項四十幾
　　　　　年來沒有人可以完成的任務。那就是：幹掉
　　　　　007。

張小萍： 為什麼？

Ｃｏｃｏ： 他要為他的三心二意付出代價。

張小萍： 皮爾斯布洛斯南已經老了，該換人了。

Ｃｏｃｏ： 007不能老！不能換人！我好不容易才習慣皮
　　　　　爾斯布洛斯南，沒想到他才跟我在一起四年
　　　　　就想跑了。

張小萍： 我覺得他還是有可能再演一集。

Ｃｏｃｏ： 不可能。他在最近的一集已經穿幫了。

張小萍： 你是說《誰與爭鋒》？

Coco： 對，他變得軟弱了。

張小萍： 拍得不錯啊。

Coco： 你有沒有搞錯，拍得不錯？電影才一開始他
就被北韓軍隊關起來──

張小萍： 對啊，這是第一次007被長期監禁，我覺得
滿有創意的。

Coco： 創意？007需要什麼創意？公式已經有了，照
著拍就好了，搞什麼創意？你想想看，007是
什麼人物，北韓是什麼東西？007怎麼可以被
第三世界的二流國家關起來，最後還被當成
人質交換才被釋放？真正的007需要被釋放？
他不會自己逃出去，再把北韓夷成平地？

張小萍： 別忘了，北韓可是有核子武器的。

Coco： 那有什麼屁用？007不會把它拆解嗎？

張小萍： 說得也是。

吳思華： 喂，你們兩個瘋了嗎？007只是電影ㄟ？

Coco： （欺向他）只是電影？只是電影？

張小萍：（也欺向他）你不要命了，007只是電影？

Coco：（對著張小萍）把刀子撿起來，他再囉唆就一刀刺向他的要害。

張小萍：（照做，以刀威脅吳思華）你說要害是不是？

吳思華嚇得兩手掩著要害，往後倒退。

張小萍：所以。你的意思是，這一集，一開始007就有退休的打算？

Coco：不只這樣。007是故意被抓的。他有放棄的意思，尋死的念頭。你懂吧？（頓）他─想─離─開─我。

張小萍：原來如此……可是，你殺了這六個白人跟007有什麼關係。

Coco：你還是不懂。白種男人只有兩種：一種是007，另一種是007的敵人。只要是白種男人我就沒殺錯人，007的那種我要殺，007的反

面我也要殺。

張小萍： 亞洲男人呢？

Coco： 東方男人不算數。記不記得《誰與爭鋒》裡
面，那個北韓野心分子利用基因改造變成了
英國人？

張小萍： 太扯了。

Coco： 就是太扯了。

吳思華： 太扯了。

Coco： 那個假英國人也是破綻百出。

張小萍： 是嗎？

Coco： 你這裡有沒有那張DVD？

張小萍： 當然有，我每一張都有。

Coco： 你現在放放看，我告訴你破綻在哪裡。

張小萍： 好。

張小萍興奮地走出場外。

布幕緩緩降下。

吳思華：等一下，有沒有人還記得我來這裡的目的
　　　　啊？

Coco：不要吵。要嘛就一起看，不然就從窗戶跳下
　　　　去！

張小萍匆匆走進，一手拿著小刀，一手拿著遙控
器。

燈漸暗。

等燈亮時，三人已經看起電影來了：Coco坐在沙
發扶手上，拿著槍對著螢幕指指點點，張小萍坐
在沙發上，也拿著刀對著螢幕指指點點。吳思華
站在沙發後面遠處。

燈光切換：三人的位置不變，繼續看電影。

張小萍：（模仿）「請問你要喝什麼？」

Coco：（模仿）"Martini. Shaken, not stirred."

張小萍：「輕晃，不要攪。」

Coco：我最喜歡這句台詞了。

張小萍：簡潔有力。

吳思華：「輕晃，不要攪」，這句話有沒有性暗示？

　　　　燈漸切換：三人位置略微變動，坐姿優閒。

Coco：你們看，有沒有？

吳思華：在哪裡？

張小萍：有有有！

Coco：007的敵人都是有品味的。你看這個假英國人
　　　　講話鄙俗，嘴角還會歪斜好像中風似的，其
　　　　實他骨子裡還是個小鼻瞇眼的韓國小鱉三。

　　　　燈漸暗。

等燈亮時，三人還在看電影，而且更加著迷。

此時三人已一起坐在沙發上，張小萍坐在中間，
分食著一包爆米花。

張小萍：（將爆米花交給Coco）給你。

Coco：謝謝。（接過爆米花，將槍交給張小萍）幫
　　　　　我拿一下。

張小萍：（拿著槍）沒問題。

吳思華：喂，留一點給我。

兩　女：不要吵！

燈光切換。

神探和電視節目主持人出現在舞台一角：兩人坐
在高腳椅上。

主持人：接下來，我想請問神探。

神　探： 不敢當。

主持人： 你那時候是怎麼想到整個案子跟007有關？

神　探： 是的，你問到了重點了。身為一個偵探，我
必須什麼都有研究，上通天文，下通地理。
電影這種東西真的是外行的看熱鬧，內行的
看門道。對死老百姓，不，我是說對一般人
來說，電影可能只是娛樂，但是，對我而
言，電影是照妖鏡……

神探繼續比手畫腳但不出聲。

尾聲

舞台角落：張小萍站在光區很小的 spot light 裡。

張小萍： 007真偉大。Coco把槍交給我的時候，我完
全忘了她是凶手，只顧看著螢幕，心裡還一
邊想：「希望她不要把爆米花都吃光。」是
要一直等到小張拿著槍闖進來的那一刹那，
我才回神，Coco也才回神。一片混亂推擠當
中，我情急之下，用刀子刺中吳思華的大
腿，可惜不是要害。但是，小張卻一陣亂槍
打死Coco。你們如果真的要問我，我覺得小

張沒有必要開槍，因爲我早就發現Coco的槍是假的。可是就在我大喊：「不要開槍」時，小張已經扣下扳機，而且，如果你們問我的話，他不需要連開四槍。但是沒有人問我。只要能結案，上級已經很高興了⋯⋯我不管媒體怎麼報導、專家如何分析，沒有人眞正了解Coco殺人的動機。包括我在內。我只是有一種感覺，那就是：Coco很早就死了。或許，我也很早就曾經死過。不只一次。⋯⋯事後，事後我沒打電話給小張，小張也沒打電話給我。我們一直沒有機會去淡水喝咖啡，雖然我想他，想告訴他，他對我說過一句我這輩子聽過最美的稱讚⋯⋯小張功勞最大，但他受傷最深。他從來沒殺過人，他開槍殺死Coco後全身發抖，Coco斷氣時，他跪在地上哭了起來，我也哭了起來，不知道是爲小張難過、爲Coco難過，還是爲自己難過。後來聽說，小張晚上常常會

一個人跑到一家老外常去的pub，像吳思華
一樣，只是坐在那邊喝悶酒，看著別人說
笑。我本來不相信，但有一次我帶一個美國
男的朋友，不是男朋友，去一家pub時，我
看到小張真的像吳思華一樣，只是坐在那邊
喝悶酒，看著別人說笑。他也看到我了……
我沒有跟他打招呼，他也沒有跟我打招呼，
兩人只是冷冷地互看了一眼。至於神探嘛，
他破案有功受到表揚，常常上電視，剛開始
只是來賓，後來變成主持人，主持一個叫
「疑雲重重，冒號，神探開講」的節目。聽說
收視率不錯，但我從來沒有看過那個節目，
我不想看到他，不想因為看到他而想到小
張，想到Coco……想到偵訊室裡的那面鏡
子。至於我呢，神探認為我是塊刑警的料，
有意栽培我，但是我婉拒了他的好意，我告
訴他：除非每個凶手犯案的方式都抄襲好萊
塢，否則我對他是一點用處都沒有。其實，

整件事下來，我也受傷不輕。我已經辭掉外
事警察的工作，下個禮拜就要出國念書了。
將來怎樣我不敢說，我希望念完就回台灣。
但是我不知道，只希望幾年之後，我不要變
成陳文生，那個會呼吸的冰箱……其實，最
恐怖的是，自從那個事件以後，我很少走進
電影院……很少看電影……因爲電影院的銀
幕，總是讓我想到偵訊室裡的那面鏡子，總
是讓我覺得我在看電影的時候，銀幕後面有
一對眼睛，正在看著我……

全劇終

INK PUBLISHING

文 學 叢 書　089

影癡謀殺

作　　　者	紀蔚然
總 編 輯	初安民
責任編輯	高慧瑩
美術編輯	許秋山
校　　　對	高慧瑩　紀蔚然

發 行 人	張書銘
出　　　版	**INK**印刻出版有限公司
	台北縣中和市中正路800號13樓之3
	電話：02-22281626
	傳真：02-22281598
	e-mail:ink.book@msa.hinet.net
法律顧問	漢全國際法律事務所
	林春金律師

總 經 銷	成陽出版股份有限公司
	訂購電話：03-3589000
	訂購傳真：03-3581688
	http://www.sudu.cc
郵政劃撥	19000691 成陽出版股份有限公司
印　　　刷	海王印刷事業股份有限公司

出版日期　　2005年5月 初版
ISBN 986-7420-63-2

定價　150元

Copyright © 2005 by Chi, Wei-jan
Published by **INK** Publishing Co., Ltd.
All Rights Reserved
Printed in Taiwan

國家圖書館出版品預行編目資料

影癡謀殺／紀蔚然 著.-- 初版,
　　　-- 臺北縣中和市：
　　　INK印刻, 2005〔民94〕
　　面；　公分（文學叢書；89）

ISBN　986-7420-63-2（平裝）

854.6　　　　　　　94005896